LOS CAZAMISTERIOS

Penguin
Random House
Grupo Editorial

Primera edición: marzo de 2022
Tercera reimpresión: diciembre de 2022

© 2022, Patricia García-Rojo
© 2022, Penguin Random House Grupo Editorial, S. A. U.
Travessera de Gràcia, 47-49. 08021 Barcelona
© 2022, Damián Zain, por las ilustraciones
Diseño de portada e interior: Judith Sendra / Penguin Random House Grupo Editorial

Printed in Spain – Impreso en España

ISBN: 978-84-204-5954-7
Depósito legal: B-943-2022

Compuesto en Punktokomo S. L.
Impreso en Gráficas 94 de Hermanos Molina, S. L.
Sant Quirze del Vallès (Barcelona)

AL 5 9 5 4 A

PATRICIA GARCÍA-ROJO

LOS CAZAMISTERIOS

EL CASO DE LAS MASCOTAS DESAPARECIDAS

Ilustraciones de DAMIÁN ZAIN

ALFAGUARA

Me llamo **ULISES MISTERIO**, y tengo diez años y una lechuga.

Bueno, lo de la lechuga ahora te lo explico. Aunque la verdad es que al principio no lo entendía ni yo. Y eso que se me da bien entender cosas.

Lo entiendo casi todo. Menos lo de esta lechuga y, a veces, a Nora.

NORA es mi hermana. Tiene ocho años y es capaz de todo.

¿Hay que trepar? Trepa. ¿Hay que saltar con los ojos cerrados? Salta.

¿Hay que averiguar qué pasa con esta lechuga? Pues se queda mirándome.

Como Bruno.

BRUNO también es mi hermano. Es el pequeño de los Misterio. Tiene seis años y está abrazado a Bobo.

BOBO es nuestro perro. Es un dálmata un poco cobarde y muy comilón. Si llevas jamón encima, Bobo se hará amigo tuyo al instante.

Parece un perro corriente, pero no lo es. Bobo habla.

Bueno, no habla con todo el mundo, pero sí habla con nosotros.

¿Que cómo puede ser eso? Pues no lo sé, es un misterio. Un misterio fantástico, como nuestra casa.

Nora, Bruno, Bobo y yo vivimos en la **MANSIÓN MISTERIO** con nuestros padres. Pero a ellos no te los puedo presentar porque se han ido de viaje.

Mis padres viajan sin parar. Cuando no están escalando el Everest en busca de una gema prohibida, están investigando los huesos de una momia. Son muy aventureros.

Aunque no te preocupes, porque la Mansión Misterio nos cuida. No sé si te lo he contado, pero, además de hablar con nuestro perro, podemos hablar con nuestra casa.

Por ejemplo, puedo entrar a la cocina y decir:

—Me apetece un ZUMO DE NARANJA.

Y… ¡listo! El zumo aparece en el frigo.

—La Mansión Misterio siempre os protegerá —suele decir mi padre.

—La Mansión Misterio siempre cuidará de vosotros —suele decir mi madre.

Por eso no nos da miedo quedarnos solos cuando ellos salen a vivir sus AVENTURAS.

Aunque, claro, hasta ahora no habíamos tenido problemas con lechugas.

Vale, no pongas esa cara. Voy a contarte lo de la lechuga. Desde el principio.

Nora, Bruno, Bobo y yo fuimos al veterinario a comprar el pienso favorito de Bobo.

Creíamos que sería una visita rápida. El **DOCTOR RICO** siempre está muy ocupado.

Tiene tantos clientes que lo he visto hacer malabares con un gato persa, un canario, un caniche y una serpiente amarilla. Te lo aseguro.

Así que siempre nos da el saco de pienso entre consulta y consulta, a la carrera.

Pero hoy ha sido **DIFERENTE**.

La clínica estaba absolutamente vacía.

—¡Qué raro! —dijo Bobo, olfateando la habitación—. No huele a gato.

—¿Dónde están todos? —preguntó Bruno.

—Eso lo averiguo yo ahora mismo —aseguró Nora.

No le dio tiempo a dar ni un paso.

De la puerta de la consulta salió un hombre muy enfadado. Llevaba una **LECHUGA** entre las manos.

—¡Devuélvame a mi canario! —chillaba.

Dr. Rico

—¡Que eso no es un canario! ¡Es una lechuga! —le respondió el doctor Rico.

—¡Le digo que es mi canario y punto! —aseguró él.

Entonces el hombre obligó al doctor Rico a coger la lechuga y le dijo:

—Volveré mañana y quiero a mi canario.

Y después se largó.

El doctor Rico nos miró y exclamó:

—¡ESTA CIUDAD SE HA VUELTO LOCA!

Canarios convertidos en lechugas… ¡Tonterías!

Y me dio la lechuga. ¿Lo entiendes ahora?

Pues yo tampoco lo entiendo y aquí estoy, abrazándola todavía. No me preguntes por qué.

Al principio, lo de los canarios que se convertían en lechugas nos pareció una tontería.

—¿Cómo va a convertirse un animal en un **VEGETAL**? —preguntó Nora.

—¿Tú te conviertes en algo, Bobo? —le preguntó Bruno a nuestro perro.

—Pues, por más que lo intento, no lo consigo… —respondió Bobo—. Con lo que

me gustaría a mí ser un bocadillo de
beicon…

Pero después las cosas se fueron
complicando.

Las mascotas de nuestra ciudad
empezaron a desaparecer.

¡Y en su lugar aparecían lechugas!

En las jaulas, en los cojines, en las peceras, en las casetas de perro…

Era una auténtica **LOCURA**.

—Esto es muy raro, Ulises —me dijo Nora.

—¡Es un misterio! —respondió Bobo.

—Y en misterios nosotros somos especialistas —dije—. Tenemos que descubrir qué está pasando con las mascotas.

—¿Por dónde empezamos a investigar? —preguntó Bruno.

—¡Por el refugio! —contestó Nora—. Allí hay muchos animales.

Bobo se estremeció.

El **REFUGIO DE ANIMALES** le da escalofríos.

A mí tampoco me gusta mucho.

—Los que abandonan a sus cachorros tienen podrido el corazón —dijo Nora, abrazando a Bobo para darle ánimos.

El refugio está a las afueras de nuestra ciudad, junto al **BOSQUE**. Tiene un patio enorme por el que siempre están corriendo los perros. Pero ese día allí no había nadie.

—Esto me huele mal —dijo Bruno, pegándose a Bobo.

Saqué mi libreta para apuntar cualquier pista.

JULIA MILGATOS es la responsable del refugio. Nora la llama «la Besabichos»,

Julia Milgatos

porque, siempre que recibe una nueva mascota, le da un beso de bienvenida.

—¿Julia? —la llamé, porque no la veíamos.

—**¡VAMOS!** —dijo Nora.

Seguimos a Nora y llegamos a la zona de las jaulas.

¡Todas estaban vacías!

Bueno, vacías no. Todas tenían una lechuga dentro.

—No puede ser… —dije yo—. Los animales han desaparecido aquí también.

Entonces un sollozo nos llamó la atención.

Bobo señaló con una pata una jaula enorme. Dentro, con la puerta abierta, estaba la **BESABICHOS**, es decir, Julia Milgatos.

Abrazaba una lechuga con los ojos llenos de lágrimas.

—¡Han… desaparecido… todos…! —nos dijo—. ¿Qué… voy a hacer… ahora? —preguntó sollozando.

Nora se sacó del bolsillo un pañuelo que alguna vez fue blanco.

—Perdón —se disculpó, quitando un chicle pegado antes de dárselo a Julia.

—¿Qué ha pasado? —pregunté.

—¡No lo sé! —dijo Julia—. He ido un momento al centro a comprar comida para peces y al volver… ¡Pluf!

—¿Pluf? —preguntó Bruno.

—¡DESAPARECIDOS! —explicó Julia.

—¿Podemos investigar? —le pedí.

—Podéis hacer lo que queráis… ¡Ya no queda nada que salvar! —Julia se sonó los mocos.

Nos apartamos un poco.

—Bruno, tú mira en las jaulas de abajo —dije—. Nora, tú mira en las de arriba. Bobo, tú mira en los comederos. Yo voy a investigar en el otro pasillo.

Todos nos pusimos a inspeccionar. Allí tenía que haber alguna pista. De eso estaba seguro.

Al instante, la nariz de Bobo comenzó a pitar y a echar humo, como una tetera puesta al fuego.

Ese es el don más especial de nuestro perro.

—¡ALARMA DE PISTA! —gritó Nora.

Todos corrimos hasta donde estaba Bobo. Y nos señaló la primera pista: un tíquet de compra de la tienda de verduras.

La tienda de verduras se anunciaba con un enorme cartel: **FRUTAS Y VERDURAS MIMÍ.**

Pero, debajo, había muchos más:

PROHIBIDOS PERROS.

PROHIBIDOS GATOS.

PROHIBIDOS CANARIOS.

PROHIBIDOS HÁMSTERES.

PROHIBIDOS SAPOS.

PROHIBIDOS RINOCERONTES…

FRUTAS Y
VERDURAS MIMÍ
PROHIBIDOS
SAPOS
PROHIBIDOS
RINOCERONTES
PROHIBIDOS
DRAGONES
PROHIBIDOS
CANARIOS
PROHIBIDOS
PERROS
PROHIBIDOS
HÁMSTERES
PROHIBIDAS
TORTUGAS
PROHIBIDAS
JIRAFAS

—Me parece a mí que a alguien no le agradan las mascotas… —dije.

—¡Pues ya hay que ser exagerado! —se quejó Nora, cruzándose de brazos.

Es **PELIGROSO** cuando mi hermana se cruza de brazos. Significa que algo no le gusta.

Y, cuando a Nora no le gusta algo…, es mejor que te apartes de su camino.

—Yo… creo que… me quedo en la puerta… —dijo Bobo, asustado.

—¡Ni hablar! —dijo Nora—. ¡Vamos todos! ¡Estamos investigando!

Sujeté el tíquet que habíamos encontrado en el refugio de animales.

Era de esa tienda, de Frutas y verduras Mimí. Alguien se había gastado allí 100 euros, pero no sabíamos en qué. Solo ponía:

Artículo 18... 100 euros.

La dueña de la tienda de verduras estaba detrás del mostrador. Era una señora **ENORME** de pelo rizado. Llevaba un delantal negro, como la mirada que nos dedicó.

—Ponme un kilo de plátanos de *Canarios*, Roberta —le dijo una clienta.

Pero Roberta, la dueña de la tienda, nos miraba sin pestañear. Y estaba pasando del blanco al rojo. Parecía a punto de explotar.

—**OH, OH...** —dijo Bobo.

Y se escondió detrás de Bruno.

ROBERTA

—Oh, oh… —dijo Bruno.

Y se escondió detrás de mí.

Yo no soy ningún cobarde, pero di un paso para ponerme detrás de Nora.

Es que mi hermana es la más **VALIENTE** de los cuatro. Y se estaba poniendo tan roja como Roberta.

Tú habrías hecho lo mismo.

—¡NO PERMITO PERROS EN MI TIENDA!
—chilló la mujer.

—¡Y YO NO PERMITO ODIADORES DE ANIMALES EN MI CIUDAD! —le respondió Nora.

La señora de los plátanos se apartó.

Quizá no era la mejor manera de empezar un interrogatorio.

PROHIBIDAS VACAS

PROHIBIDOS MARSUPILAMIS

PROHIBIDOS ORNITORRINCOS

Bobo comenzó a temblar. Bruno se agachó aún más para que no lo viera.

Y yo tomé aire y di un paso al frente.

Me colé entre las miradas asesinas de Roberta y de mi hermana.

—Perdone, solo queríamos saber cuál es el **ARTÍCULO 18** —dije lo más educadamente que pude—. Es para la investigación sobre la desaparición de las mascotas. Hemos encontrado esta pista.

Le enseñé el tíquet.

A cámara lenta, Roberta empezó a girarse hacia mí.

Sus ojos estaban tan rojos como sus mofletes.

Di un paso hacia atrás.

—¿Una… investigación… sobre… mascotas? —preguntó Roberta apretando los dientes.

—Sí, ya sabe… Se convierten en lechugas… —dijo Bruno muy valiente.

La dueña de la tienda de verduras abrió las aletas de la nariz como si fuera un dragón.

—¡FUERA DE MI TIENDA AHORA MISMO! —bramó con todas sus fuerzas.

Estuve a punto de caerme de culo.

Bruno y Bobo dieron un salto de un metro y rodaron uno sobre otro.

Pero es que, además, tiraron una caja de pimientos…

… que tiró una caja de melones…

… que tiró una caja de cebollas…

… que tiró una caja de limones.

—¡FUEEEEEERAAAAAAAAAAAAAAA!

Me di la vuelta a la carrera.

—Es usted muy maleducada, señora —soltó Nora.

Agarré a Bruno del brazo y empujé a Bobo hacia la puerta.

En ese justo momento, la nariz de nuestro perro empezó a pitar y a echar humo como una tetera.

—¡ALARMA DE PISTA! —gritamos todos los hermanos Misterio a la vez.

Allí, debajo de las cajas caídas, se veían a la perfección las pisadas de un gato.

4

La ciudad se había vuelto loca.

Había una señora paseando una lechuga como si fuera un perro. Las farolas estaban llenas de carteles con fotos de mascotas que decían: **SE BUSCA.** Y nosotros no sabíamos lo que era el artículo 18 ni qué significaban aquellas huellas de gato.

—Voy a volver a entrar —dijo Nora—. Esto no se va a quedar así, esa Roberta es horrible.

—Yo no entro ni aunque me ofrezcan jamón —aseguró Bobo.

—Ni yo —dijo Bruno.

—Espera, Nora —le dije a mi hermana—. Es mejor cambiar de PLAN.

Nora se enfurruñó un poco, pero al final cedió.

—¿Y a qué plan cambiamos? —preguntó.

—Volveremos al veterinario —dije—. Lo habrá llamado todo el mundo, así que seguro que él tiene alguna pista.

Nos imaginábamos que la consulta volvería a estar vacía, pero no fue así.

En la puerta había una cola KILOMÉTRICA.

Hombres, mujeres, niños y niñas llevaban lechugas de todos los tamaños.

Algunas iban dentro de jaulas, otras envueltas en mantas, otras en trasportines y las había hasta con correas.

—¿Por qué hay esta cola? —le preguntó Nora a una señora.

—Dicen que el veterinario ya ha encontrado una **FÓRMULA** para devolver a nuestras mascotas a su estado original —respondió la señora, acariciando a su lechuga.

—¿Eso es posible? —preguntó Bruno, sorprendido.

Seguimos la cola hasta llegar a la puerta de la clínica.

Allí, el doctor Rico, con su bata blanca, empujaba a una familia para sacarla del local.

—¡Soy veterinario, no mago! ¡No puedo convertir lechugas en perritos! —chillaba.

En cuanto los echó, cerró de un portazo.

Entonces le dio la vuelta al cartel.

—¿Qué hacemos ahora? —preguntó preocupado Bobo.

La gente estaba muy **ENFADADA**.

Empezaron a aporrear la puerta llamando al doctor Rico a grito pelado.

—¡VAYAMOS POR DETRÁS! —susurré al recordar algo—. Allí hay otra entrada.

Nos escabullimos entre la multitud y corrimos hacia el fondo de la calle.

Dimos la vuelta a la esquina y nos metimos por el estrecho callejón.

Allí, detrás de un enorme contenedor de basura, estaba la puerta trasera de la clínica veterinaria.

—**¡CUIDADO!** —exclamó Nora al escuchar un ruido.

Todos nos escondimos detrás del contenedor.

—¿Qué pasa? —preguntó Bobo, asustado.

—Shhhhh… —le pedí.

En ese momento, muy lentamente, se empezó a abrir la puerta.

Llevando una caja enorme, apareció el doctor Rico. Se movía con sigilo, como un ninja.

Y entonces la nariz de Bobo empezó a pitar y a echar humo como una tetera.

—**¡ALARMA DE PISTA!** —grité.

El doctor Rico se llevó un susto de muerte y tiró la caja por los aires.

Cientos de lechugas comenzaron a volar sobre nuestras cabezas.

¡Caían de la caja!

—¡El veterinario pretendía escaparse con las lechugas! —chilló Nora, lanzándose a por él.

Mi hermana se agarró a una pierna del doctor Rico, que no sabía dónde meterse.

—Pero ¿qué pasa? **¿QUÉ PASA?** ¡Qué susto! —decía.

—¿Dónde iba con tantas lechugas? —preguntó Nora.

—¡Eso! —dijo Bruno, aunque no se acercó mucho.

—¡Pues a mi casa! —se quejó el veterinario—. A preparar una ensalada.

—¿Una ensalada **GIGANTE**? —preguntó Bobo.

Pero el veterinario no lo oyó, porque él no es un Misterio y no puede hablar con nuestro perro.

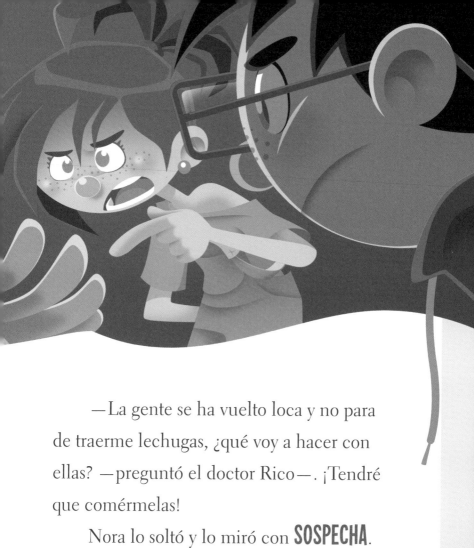

—La gente se ha vuelto loca y no para de traerme lechugas, ¿qué voy a hacer con ellas? —preguntó el doctor Rico—. ¡Tendré que comérmelas!

Nora lo soltó y lo miró con **SOSPECHA**.

¿Estaba diciendo la verdad o era él quien había robado las mascotas de toda la ciudad?

Esa noche, en la Mansión Misterio, Bobo estaba muerto de miedo.

—¿Y si de pronto yo empiezo a ponerme **VERDE** y no podéis hacer nada? —preguntó.

Aunque Bruno lo abrazaba, nuestro perro temblaba como una hoja.

—¿Y si me convierto yo también en lechuga? —insistió.

—¿Y si lo secuestran y lo cambian por un **PEPINO**? —se sumó Bruno.

—Por una lechuga —recordé yo.

—Bobo es muy especial para ser solo una lechuga —explicó Bruno.

Nora estaba muy seria. Miraba al jardín sin parar. Y a la Mansión Misterio.

Nos habíamos ido a dormir a la casa del árbol. No nos fiábamos de dormir en nuestras camas.

Había alguien robando mascotas, eso estaba claro.

No pensábamos permitir que se llevase a Bobo.

—Yo hago el **PRIMER TURNO** —dije—. Vosotros dormid un poco.

Nora y Bruno se tumbaron cada uno a un lado de Bobo.

Miré al jardín. Todo estaba oscuro.

Vigilé durante mucho rato.

Los árboles se movían con el aire y la luna creaba sombras extrañas.

Sombras que se movían.

Sombras que tenían… ¿forma de persona?

—**¡MISTERIOS!** —los llamé susurrando.

Nora se sentó en el acto. Bruno se frotó los ojos y Bobo se levantó veloz.

—Hay alguien en el jardín —dije, señalando hacia la sombra.

—¿Qué es lo que lleva? —preguntó Nora.

Efectivamente, la sombra llevaba un bulto bastante grande.

—¿Una caja? —pregunté.

—¿Una jaula para Bobo? —preguntó Bruno.

Nuestro perro estuvo a punto de aullar del miedo, pero Nora le cerró el hocico.

—Bajemos a descubrirlo —dijo.

Recorrimos el jardín escondiéndonos entre las flores y los arbustos.

La **SOMBRA** rodeó la Mansión Misterio y llegó a la parte de atrás. Se dirigía hacia las escaleras que daban a la puerta que comunicaba la cocina con el jardín.

Llegó y subió las escaleras. Nora no aguantó más.

—¿Quién eres y qué quieres? —preguntó con fuerza, saliendo de nuestro escondite.

Corrí a su lado.

Bruno y Bobo se quedaron **ESCONDIDOS** por si acaso.

—¡Eso! ¿Cómo te atreves a entrar así en nuestro jardín? —pregunté yo.

La sombra se dio la vuelta.

Llevaba entre las manos una caja tan grande que le tapaba la cabeza.

¿Era el veterinario? El doctor Rico también llevaba una caja esa tarde.

Entonces, la sombra se agachó y dejó la caja en el suelo.

—**¡ERES TÚ!** —gritó Nora.

—¡Sois vosotros! —gritó Roberta.

La dueña de Frutas y verduras Mimí estaba en nuestro jardín.

Seguro que a ti se te habría quedado la misma cara de **SORPRESA** que se nos quedó a nosotros.

—¿Por qué se cuela en nuestra casa? —insistió Nora—. ¡Y en plena noche!

—¿Colarme? ¡Yo no me he colado! —se quejó Roberta—. Tengo permiso para entrar.

—¿Para qué quiere entrar? —preguntó Bruno desde detrás del arbusto.

Roberta puso los brazos en jarra y nos miró con rabia.

—¿De dónde creéis que sale la comida que coméis? ¿Aparece **MÁGICAMENTE** en el frigorífico? ¡Yo traigo la fruta y la verdura!

Nora y yo nos quedamos callados.

—Sois unos maleducados —dijo Roberta—. A vosotros os enseñaba yo a comportaros. **¡OS PONDRÍA FIRMES!**

Bobo no toleró que nos amenazara. Salió ladrando de su escondite, junto con Bruno.

Nuestro perro quería defendernos, pero, en cuanto se puso ante Roberta, su nariz comenzó a pitar y a echar humo como una tetera.

—**¡ALARMA DE PISTA!** —chilló Bruno, señalando a la mujer.

Todos nos fijamos en ella.

Tenía el delantal negro lleno de pelos cortos y naranjas. ¿Qué significaría eso?

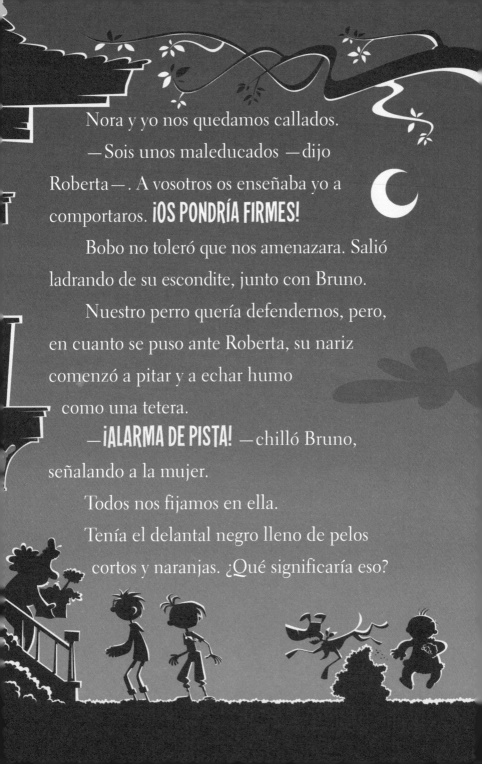

Hasta el momento teníamos cuatro
pistas:

1. El **TÍQUET** de la tienda de verduras.
2. Las **HUELLAS** de gato bajo las cajas de
   Frutas y verduras Mimí.
3. La **CAJA** de lechugas que llevaba el
   doctor Rico.
4. Los **PELOS** naranjas en el delantal de
   Roberta.

Pero no sabíamos qué hacer con ellas.

—Yo creo que, menos la pista número tres, todas le echan la culpa a Roberta —dijo Nora.

Tenía los brazos cruzados. Mala señal.

—Esa señora es realmente insoportable —insistió—. Seguro que los pelos de su delantal son de la última **MASCOTA** que ha secuestrado.

Estaba convencidísima.

Bruno asintió, pero Bobo se quedó mirándome.

—¿Qué piensas? —me preguntó nuestro perro.

—Que la **PISTA NÚMERO 1** no apunta a Roberta —dije yo—. La encontramos en el refugio de animales. ¿Igual Julia Milgatos hizo alguna compra allí?

—La Besabichos ama a los animales, **JAMÁS** los cambiaría por lechugas —la defendió mi hermana.

—A lo mejor se le cayó al verdadero culpable cuando fue a robar —propuso Bruno.

—Deberíamos volver —dije yo—. Quizá pasamos por alto alguna pista.

Bobo me miró entonces con ojos suplicantes.

—Preferiría comerme una **SARDINA PODRIDA** —dijo.

Pero al final cedió y todos fuimos al refugio.

Las lechugas seguían en sus jaulas y Julia Milgatos respondía a un **TELÉFONO** con cada oreja.

Estaba completamente despeinada, tenía la ropa hecha un desastre y unas ojeras tremendas.

—No, señora, yo no creo que a su serpiente se la haya comido nadie —decía por un teléfono—. No, señor, no creo que pueda esconderse un caballo en un ascensor—añadía por el otro.

Cuando colgó ambos teléfonos, nos miró con desesperación.

—¡NO PUEDO MÁS! —se quejó—. Todo el mundo me llama para preguntar por sus mascotas… ¡Y yo no sé qué decirles!

Nora le dio unas palmaditas amables en el brazo. Pero entonces uno de los teléfonos volvió a sonar.

—¿Qué queríais? —nos preguntó Julia Milgatos poniéndose las manos en las orejas para no escucharlo.

—Queríamos saber si Roberta, la de Frutas y verduras Mimí, tiene alguna mascota —expliqué yo.

Julia Milgatos se puso más **BLANCA** que la pared.

—La hemos visto llena de pelos naranjas —dijo Bruno—. ¿Los pelos naranjas podrían ser de hámster?

Nora me dio un **CODAZO**. Eso significaba que quería enseñarme algo.

Así es el lenguaje de mi hermana, no preguntes.

—Mira cómo le tiemblan las manos a la Besabichos —me susurró.

Entonces, el otro teléfono también empezó a sonar.

—¿Una mascota? ¡Yo no sé nada de mascotas! ¡Yo no sé **NADA DE NADA**! —chilló nerviosa Julia—. ¡Lo siento!

Y, enseguida, descolgó los dos aparatos a la vez.

—Parece que no quiere hablar con nosotros —dijo Bobo.

Nora entrecerró los ojos con gesto de sospecha.

Entonces, nos hizo una **SEÑAL**. Quería que saliésemos por la puerta de atrás en lugar de por la puerta principal.

Bruno, Bobo y yo la seguimos.

—Vamos a investigar a fondo—nos dijo Nora—. La Besabichos está muy rara.

—Sí, el otro día no miramos cerca del **BOSQUE** —recordé.

Esta vez no nos separaremos. Ocho ojos ven mejor que dos. No es porque fuésemos cobardes, que no lo somos. Es porque nadie quería dejar solo a Bobo.

Los cuatro recorrimos el refugio de cabo a rabo hasta llegar al **PORTÓN** de la valla que daba a los árboles.

—Ni una pista —dije, enfadado.

—Menudo rollo —dijo Bruno.

Nora se sentó en el suelo y soltó un bufido.

—¡Este misterio es demasiado **MISTERIOSO**! —se quejó.

Bobo le dio un lametón de ánimo. Es lo que hace siempre que nos ve tristes o enfadados.

La lengua de Bobo es una solución mágica para todos los problemas.

Pero, en ese momento, en cuanto se separó de mi hermana, su nariz comenzó a pitar.

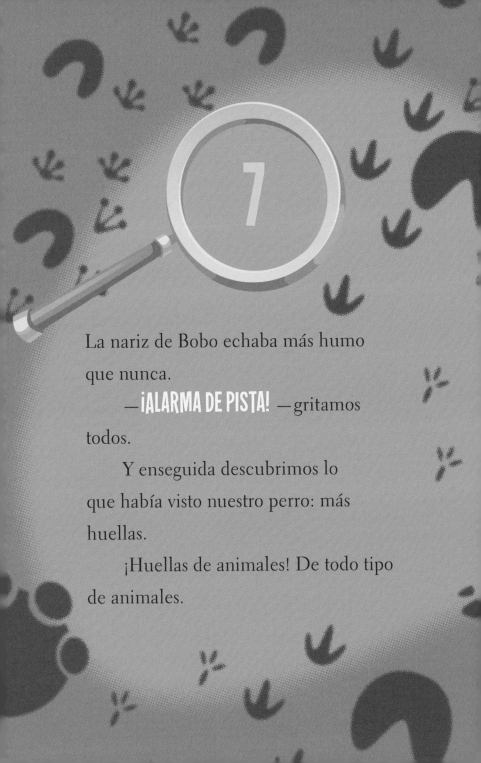

La nariz de Bobo echaba más humo
que nunca.

—**¡ALARMA DE PISTA!** —gritamos
todos.

Y enseguida descubrimos lo
que había visto nuestro perro: más
huellas.

¡Huellas de animales! De todo tipo
de animales.

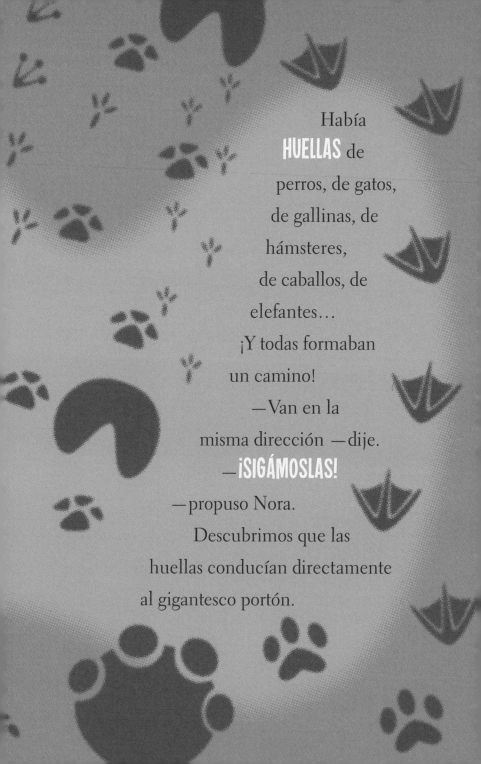

Había **HUELLAS** de perros, de gatos, de gallinas, de hámsteres, de caballos, de elefantes…
¡Y todas formaban un camino!
—Van en la misma dirección —dije.
—¡SIGÁMOSLAS! —propuso Nora.
Descubrimos que las huellas conducían directamente al gigantesco portón.

—Es como si todos los animales hubiesen salido por aquí —dije.

—**¿SE HABRÁN ESCAPADO?** —preguntó Bruno.

—No —dijo Bobo—. Los perros no vuelan. ¿Cómo iban a saltar esa puerta enorme?

Nora miró un segundo hacia el refugio para asegurarse de que Julia Milgatos no estaba cerca. Después, quitó el pestillo del portón y lo abrió.

—¡Mirad! —señaló—. Por aquí siguen las huellas.

Era verdad.

El **CAMINO DE HUELLAS** continuaba fuera del refugio. Era de lo más inquietante.

Bobo comenzó a seguirlas a la carrera y nosotros corrimos tras él.

Nuestro perro ladró al llegar entre los árboles.

—Las huellas se pierden en el bosque —nos dijo.

—¿Habrán **HUIDO** juntos todos los animales?—preguntó Bruno.

—Me extraña —dije.

Me ajusté las gafas en la nariz.

Miré al portón del refugio.

Miré al bosque.

Se me estaba ocurriendo una **IDEA**.

—Busquemos huellas de humanos —propuse—. No creo que las mascotas se hayan puesto de acuerdo para escapar.

Me huele que el culpable que buscamos está detrás de todo esto.

Volvimos sobre nuestros pasos al refugio de animales.

El camino de huellas empezaba junto a las jaulas. Al principio era **ESTRECHO**, pero después se iba haciendo más y más **ANCHO** conforme se sumaban más y más animales.

—Parece que todas las mascotas se unieron a la escapada —dijo Bruno.

—¡Tuvo que ser divertido! —Bobo sonrió.

Nora seguía con los brazos cruzados observando el camino de huellas.

El misterio de la huida de los animales era muy extraño.

Entonces, como si le hubiese picado una pulga, nuestra hermana dio un salto.

—**¡AQUÍ!** —gritó—. Aquí hay huellas de zapatos.

Todos acercamos nuestras cabezas para mirar bien.

Las **HUELLAS DE ZAPATOS** se veían a la perfección, pero después los pasos de los animales las habían borrado.

—Alguien liberó a los animales —dijo Bruno.

—O los secuestró —dijo Nora.

Bobo se pegó a nosotros, con un **ESCALOFRÍO**.

—Pero… ¿dónde estarán ahora? —preguntó.

Lo acaricié entre las orejas, que es su sitio preferido.

—No lo sé, pero lo descubriremos —le prometí.

Entonces, Julia Milgatos salió al patio y nos encontró.

—¿Todavía seguís aquí? —preguntó.

Debajo de su pelo despeinado, sus cejas se juntaron en una línea de sospecha.

—¿Sueles llevar de **EXCURSIÓN** a los animales? —le dijo Nora.

Julia abrió la boca, sorprendida.

—¿De excursión a dónde? ¿Al parque acuático? —preguntó y se echó a reír.

Pero su risa me puso los pelos de punta.

¿Y si había sido **ELLA** la que había escapado con todos los animales?

El tíquet de compra de la tienda de verduras lo habíamos encontrado allí.

Después de nuestra visita al refugio, decidimos que no podíamos esperar más. Teníamos que hacer algo o las mascotas seguirían desapareciendo.

—Hay que tenderles una **TRAMPA** —dijo Nora.

—¿A quiénes? —preguntó Bruno.

—A nuestros sospechosos —le respondí yo.

Porque estaba claro que ya teníamos sospechosos de sobra. Nada más y nada menos que **TRES**.

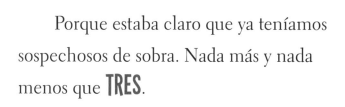

RARÍSIMO ①

El doctor Rico, el veterinario. Había escapado por la puerta de atrás cargado de lechugas. Raro, muy raro.

MALA GENTE

Roberta, la dueña de Frutas y verduras Mimí. Odiaba a los animales, pero en su tienda había huellas de gato. Y, en su ropa, pelos naranjas... ¿De quién serían? ②

BESABICHOS

③ Julia Milgatos, la responsable del refugio. Lloraba por los animales perdidos, pero en el refugio encontramos el tíquet de compra. Y, además, ella podía haber guiado a los animales al bosque.

FR
VERDURA
MIMÍ
****

Artículo 18..

.....

Lo que no teníamos tan claro era qué trampa tenderles.

—Podemos poner **TROCITOS DE JAMÓN** haciendo un camino hasta la Mansión Misterio —propuso Bobo—. Y, cuando lleguen, ¡los atrapamos!

—Podemos atarlos a una silla y hacerles un interrogatorio —propuso Nora.

—Podemos disfrazarnos de mascotas y ver quién nos transforma en lechugas —propuso Bruno.

Pero Bobo se negó a las propuestas de mis hermanos. Y yo también. Me parecía demasiado **ARRIESGADO**.

En cambio…, se me estaba ocurriendo una idea.

—¡Vamos a mandarles una carta! —dije.

—¿De amor? —preguntó Bruno, y Nora soltó una carcajada.

—¡No! Una **CARTA** que les pondrá los pelos de punta —aclaré yo.

Cogimos tres tarjetas y tres sobres del despacho de nuestros padres y escribí tres mensajes iguales:

CONOZCO TU SECRETO. SI NO VIENES A LA MANSIÓN MISTERIO A LAS CINCO DE LA TARDE, SE LO CONTARÉ A TODO EL MUNDO.

Dejamos la primera carta en el veterinario, la segunda en la tienda de

Roberta y la tercera en el refugio de animales. Despúes nos pusimos a esperar.

—¿Crees que van a picar? —preguntó entonces Nora.

—Seguro —contesté—. Todo el mundo tiene algún secreto.

A las **CINCO MENOS DIEZ**, nos escondimos detrás de los cuadros de don Rodolfo

y doña Rodolfa que hay en la entrada de la Mansión Misterio.

Don Rodolfo y doña Rodolfa son nuestros **ANTEPASADOS** más lejanos.

Y sus cuadros son el mejor escondite, porque tienen los ojos cortados y se puede mirar desde detrás de ellos.

Nora, Bruno, Bobo y yo esperamos y, cuando el **GRAN RELOJ** del salón dio las cinco, contuvimos el aliento.

Enseguida sonó el timbre.

—Mansión Misterio —dije—, deja que pase.

Entonces, el **DOCTOR RICO** entró en el recibidor. Estaba pálido y tenía los pelos de punta.

Y el timbre volvió a sonar.

—Mansión Misterio —dijo esta vez Nora—, abre.

Allí estaba **ROBERTA**, con su delantal negro, roja como un dragón enfurecido.

Y el timbre volvió a sonar.

—Mansión Misterio —dijo Bruno—, deja pasar al siguiente.

JULIA MILGATOS, despeinada y ojerosa, se plantó junto a los demás.

Nuestros tres sospechosos se miraron sin saber qué hacían allí.

Uno de los tres era el **LADRÓN** de las mascotas, pero no sabíamos quién.

—Mansión Misterio, cierra todas las puertas para que no puedan salir —pedí.

Enseguida, sonaron los pestillos de las puertas del recibidor y nuestros sospechosos dieron un respingo.

—Mansión Misterio, adelante con la **ARMADURA** —pidió Bruno.

Una de las armaduras que decoraban el recibidor se adelantó hasta ponerse frente a nuestros sospechosos y los señaló con el dedo.

Entonces Nora, poniendo voz de pirata viejo, dijo muy alto:

—CONFESAD AHORA MISMO LO QUE HABÉIS HECHO.

Julia Milgatos dio un grito asustado. Roberta se abrazó al doctor Rico y los dos se pusieron a temblar.

—CONFESAD AHORA MISMO LO QUE HABÉIS HECHO —repitió Nora.

—¡Vale, vale! ¡Yo primero! —dijo el veterinario, levantando las manos.

Se alejó del resto de sospechosos y se puso delante de la armadura.

—Me he llevado a mi casa todas las lechugas que me han traído a la clínica —dijo—. ¡Lo confieso!

—En vez de comprarlas en mi tienda…
—se quejó Roberta—. Ya sabes que siempre
tengo oferta en el artículo 18.

¡El artículo 18! ¡El tíquet que habíamos
encontrado!

—El artículo 18 es el de las lechugas
—susurré.

Nora me dio un codazo detrás del
cuadro para que me callase. Estaba
concentradísima en su papel de
interrogadora.

—¿Y PARA QUÉ QUERÍAS TÚ TANTAS
LECHUGAS? —preguntó con su voz
falsa.

El doctor Rico se llevó las manos a la
cara.

—El año pasado adopté a dos conejos —explicó—. Creí que los dos eran machos, pero no… ¡Eran un macho y una hembra! Y se han reproducido… ¡Así que ahora tengo **243 CONEJOS** escondidos en mi casa! Estoy desesperado, me gasto el sueldo en lechugas…

Julia Milgatos lo miró sorprendida.

—¿Cómo es que yo no sabía lo de los conejos? —preguntó.

—Pues porque era un **SECRETO**…
—confesó el doctor Rico—. ¿Cómo iba a confesar que yo, el veterinario, no sabía diferenciar un conejo macho de un conejo hembra?

—La verdad es que habría quedado fatal —dijo Bruno.

—Shhhhh… —nos chistó Nora—. Quedan más por confesar.

Entonces volvió a poner su voz grave y poderosísima.

—¡QUE CONFIESE EL SIGUIENTE! —exclamó.

Roberta se limpió las manos en el delantal y se puso delante de la armadura.

Seguía roja, pero no de rabia. Ahora parecía que estaba roja de **VERGÜENZA**.

—Pues nada, si hay que confesar, se confiesa —dijo—. Pero que esto no salga de aquí —amenazó.

La dueña de Frutas y verduras Mimí, la tienda en la que no podía entrar ningún animal, ni siquiera un grillo, cogió aire. Hinchó tanto los pulmones que se puso el doble de gorda y, al final, soltó:

—**¡TENGO UN GATO!**

Los hermanos Misterio nos quedamos de piedra.

—¿Cómo? —preguntó el veterinario, alucinando.

—Que tengo un gato, ea, ya lo he dicho —dijo Roberta—. **MIMÍ...** Mimí se llama mi gata. El amor de mis amores. La reina de mi casa. ¡Yo, que odio a todos los animales, amo a mi gata!

—Por eso se llama así su tienda… —comprendí—. Por eso había huellas de gato debajo de las cajas…

—Pregúntale de qué color es Mimí —propuso Bruno.

Nora le hizo caso.

—**¿DE QUÉ COLOR ES TU GATA?**

—Es naranja, como un atardecer de verano —contestó Roberta.

—¡Ves, los pelos eran de gato! —dijo Bruno—. Los de su delantal.

Roberta parecía que se había quitado un peso de encima. Ya no estaba roja. Y sonreía, sonreía satisfecha, como si decir su secreto le hubiese aligerado el corazón.

—Solo queda una —dijo entonces Bobo.

Nora asintió.

—**¡QUE CONFIESE LA ÚLTIMA!** —gritó.

Julia Milgatos se tiró del pelo, se retorció las manos, se mordió los labios y dio un saltito.

LE TOCABA A ELLA. Y lo sabía.

Pero parecía que no quería hablar.

—A ver, yo… —dijo—. Yo… Mi secreto…

Nora, Bruno, Bobo y yo contuvimos el aliento. ¡Lo iba a decir! ¡Iba a **CONFESAR** que había robado a todas las mascotas!

—Mi secreto… —siguió Julia—. Mi secreto es… ¡que amo las lechugas! Me encantan, son mi verdura preferida. Me gustan más las lechugas que los animales. Comería lechugas a todas horas, cada día de la semana. Todos los días del año. Me alegré

Mermelada
de lechuga

de que las mascotas desapareciesen porque así tenía lechugas gratis.

Me sentí como un globo pinchado.

Entonces… ¿NINGUNO de ellos era el culpable?

Pero, cuando estábamos a punto de rendirnos, la nariz de Bobo comenzó a pitar y a echar humo como una tetera puesta al fuego.

Cerca no había ninguna pista, así que, si la nariz de Bobo pitaba así, solo podía significar una cosa: Julia Milgatos estaba **MINTIENDO**.

Todos los sospechosos miraron hacia los retratos de don Rodolfo y doña Rodolfa. ¡Nos iban a descubrir!

Bruno se tiró sobre Bobo para taparle la nariz.

—¿Qué hacemos? —preguntó Nora.

Pensé a toda **VELOCIDAD** nuestras opciones.

—¡Ya lo sé! —dije—. Que se vayan todos los sospechosos. Les dejaremos irse.

—¡Pero entonces nunca sabremos la verdad! —dijo Bobo.

—Sí, la sabremos. Porque, cuando se vayan, seguiremos a Julia Milgatos —propuse—.

Su confesión ha sido una pista; tenemos que fiarnos de Bobo.

—Vale, **BUEN PLAN** —dijo Bruno.

—Mansión Misterio, abre la puerta principal —pidió Nora.

Y, después, con su voz de armadura vieja, ordenó:

—¡PODÉIS MARCHAROS! ¡VUESTROS SECRETOS NUNCA ABANDONARÁN ESTA CASA!

El doctor Rico, Roberta y Julia Milgatos salieron de la Mansión Misterio sin siquiera pensárselo ni un momento. Y sin despedirse de la armadura ni nada.

HUYERON calle abajo con tanta vergüenza como prisa.

—¡Rápido, que no se nos escape! —dijo Nora.

Empujé el cuadro de nuestro antepasado. Se abrió como una puerta y todos salimos de nuestro ESCONDITE.

—Olfatea, Bobo —pidió Bruno—. No pierdas la pista de la Besabichos.

La seguimos de lejos.

Primero pasó por la plaza del ayuntamiento. Después se paró en el supermercado de la esquina y salió con dos bolsas cargadísimas. Y, por último, llegó al refugio de animales.

Pero NO se quedó allí.

Lo cruzó hasta el enorme portón y, luego, se metió en el bosque.

—Esto es demasiado sospechoso —dijo Nora—. Tenías razón, Ulises, su confesión ha sido **FALSA**.

Nos escondimos detrás de los árboles sin perder a Julia Milgatos en ningún momento. Hasta que, de pronto, llegamos a una enorme granja.

Pero no era una granja normal.

¿Aquello era una granja o un zoo? ¡No cabía ni un ratón más! Estaba llena como un cubo de palomitas. Había todo tipo de animales: gatos, búhos, perros, peces, perezosos, murciélagos, avestruces y hasta una jirafa.

—**MENUDA LOCURA...** —dijo Bruno.

—¡La Besabichos secuestró a todas las mascotas! —dijo Nora y se cruzó de brazos.

Ya no había lugar a dudas. Allí estaban todas las mascotas que habíamos visto en los carteles de **SE BUSCA**. Llevaban los collares que les habían puesto sus dueños. ¡Y eran muchísimas!

—¡Vamos a pillar a la culpable! —propuse yo.

Salimos de nuestro escondite y nos plantamos ante Julia Milgatos.

—¡Tú eres la **LADRONA**! —la acusó mi hermana.

—¡Tú te llevaste las mascotas! —dijo Bruno.

—Y las sustituiste por lechugas —dije yo.

Julia nos miró con los ojos llenos de rabia.

—¡Sabía que vosotros estabais detrás de todo esto! —dijo—. Tanto **HUSMEAR**, tanto husmear… ¡Qué niños tan insoportables!

—¡Tú sí que eres insoportable! —le dijo Bobo.

Pero Julia Milgatos no lo oyó. Así que Nora se lo repitió:

—¡Tú sí que eres insoportable!

—¿Por qué te has llevado a las mascotas? —preguntó Bruno.

—¿Por qué? **¡PORQUE QUIERO!** —respondió Julia—. Porque soy la persona que más adora a los animales del mundo, la única que sabe cuidarlos bien. ¡Son míos! —gritó como loca—. ¡Son míos porque soy la que mejor los cuida! Cada vez que veía a alguien con su

mascota, se me retorcían
las tripas. ¡Yo lo hago
MUCHO MEJOR! ¡Soy la cuidadora
de animales más lista del
mundo!

¿Cómo podía alguien ser tan engreído?
No me lo creía.

Entonces una **CACA DE LORO**
le cayó en la cabeza, callándola en el acto.

Julia Milgatos se quedó
de piedra.

—¡Eres mala! ¡Y una
egoísta! —le dijo Bruno—.
Todos están preocupados
por sus mascotas y tú
se las has robado.

—Bobo, ayúdanos —le pedí entonces a nuestro perro.

Teníamos que **ATRAPAR** a Julia Milgatos antes de que escapara.

Bobo se comunicó con el resto de animales y les pidió su ayuda.

¡Fue increíble!

Dos caballos se acercaron al galope, cuatro perros rodearon a la Besabichos, y cinco hámsteres treparon sobre dos gatos y abrieron la puerta de un **COBERTIZO**.

—¿Qué hacéis? —gritaba ella—. ¡Nadie os quiere como yo!

Pero las mascotas pasaron de ella.

Dos cerdos empujaron a Julia, que se cayó de culo dentro del cobertizo. Sin pensarlo, Nora cerró la puerta de golpe.

—**SE ACABÓ** —dijo—. No he conocido a nadie tan egoísta en mi vida.

Los hámsteres se quedaron vigilando la cerradura, para que no escapara.

Después, llamamos a la policía. La responsable del refugio no dejó de gritar hasta que llegaron los agentes para llevársela.

—¡Las mascotas me quieren! ¡Las mascotas me necesitan! —decía—. ¡Soy la **CAMPEONA MUNDIAL** lavando perros! ¡La ganadora absoluta de cortarles las uñas a los gatos! ¡La que mejor alimenta a los canarios!

Pero nosotros no le hacíamos ni caso.
¡HABÍAMOS RESUELTO EL MISTERIO! Las pistas
nos habían llevado hasta la culpable de la
desaparición de las mascotas. Y todos los
animales volverían con sus familias.

Estábamos tan contentos que nos dolía
la boca de sonreír.

La policía nos dio las gracias por nuestra
ayuda. Uno de los agentes se abrazó a su
lagarto con lágrimas en los ojos.

—**GRACIAS** por salvar a Dragoncito —dijo.

Cuando la policía se llevó a Julia
Milgatos, nos pusimos en camino a la
Mansión Misterio locos de alegría.

—No hay misterio que se les resista a
los Cazamisterios —dijo Bruno.

—¿CAZAMISTERIOS? —preguntó Nora.

—¡Me parece muy buen nombre!

—dije yo.

Y Bobo ladró para celebrarlo.

Pero, en ese momento, vimos algo que congeló nuestra felicidad. Estábamos ante la puerta de la Mansión Misterio y, sobre el felpudo, había una **BOTELLA DE CRISTAL**.

Estaba vacía y no tenía tapón. Dentro se veía un **PAPEL ENROLLADO**.

Parecía una botella de náufrago.

Saqué el papel con cuidado y lo abrí.

VUESTROS PADRES NO ESTÁN DE VIAJE, HAN DESAPARECIDO.

Leímos el mensaje cinco veces. No podíamos creerlo.

—**¿DESAPARECIDOS?** —preguntó Nora.

—¿Como las mascotas? —preguntó Bruno.

—Y sin dejar lechugas ni nada… —dije yo.